GOBLIN SLAYER!

Story: **Kumo Kagyu**
Artwork: **Kousuke Kurose**
Character Design: **Noboru Kannatuki**

⟨1⟩

GOBLIN SLAYER!

Volume ①

INHALT

Wusch

Kapitel 1

Das ist also die »Gilde der Abenteurer« ...

Gilde der Abenteurer

Klack

8

Ähm.

Ich möchte Abenteurerin werden.

Ich verstehe.

Dann füllen Sie bitte diesen Bogen aus.

Können Sie schreiben?

Starr

Ach, wirklich?

Ja ...

Also ...

Ja, ich habe es im Tempel gelernt.

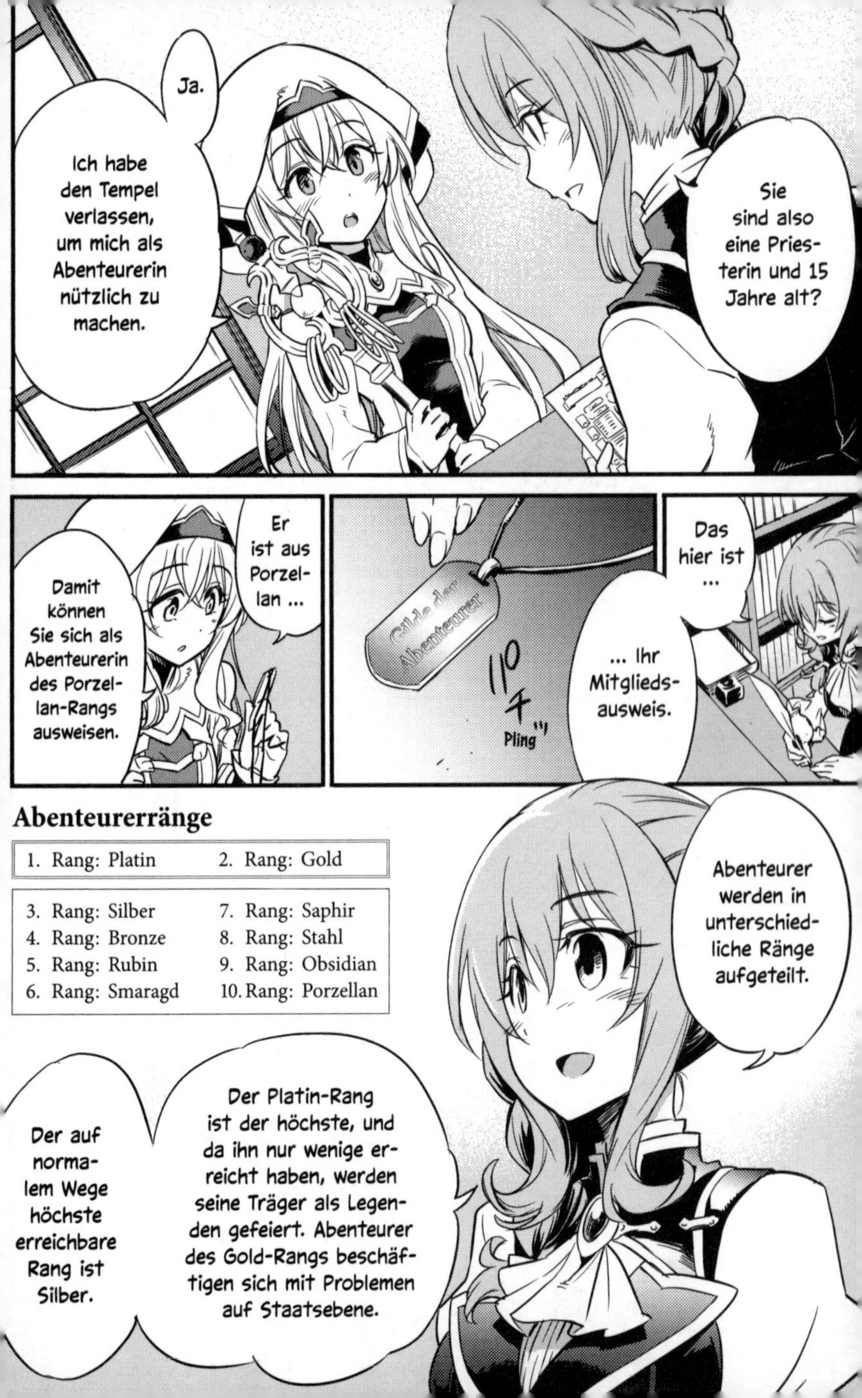

Ja.

Ich habe den Tempel verlassen, um mich als Abenteurerin nützlich zu machen.

Sie sind also eine Priesterin und 15 Jahre alt?

Damit können Sie sich als Abenteurerin des Porzellan-Rangs ausweisen.

Er ist aus Porzellan ...

Pling

Das hier ist ...

... Ihr Mitgliedsausweis.

Abenteurerränge

1. Rang: Platin	2. Rang: Gold

3. Rang: Silber	7. Rang: Saphir
4. Rang: Bronze	8. Rang: Stahl
5. Rang: Rubin	9. Rang: Obsidian
6. Rang: Smaragd	10. Rang: Porzellan

Abenteurer werden in unterschiedliche Ränge aufgeteilt.

Der auf normalem Wege höchste erreichbare Rang ist Silber.

Der Platin-Rang ist der höchste, und da ihn nur wenige erreicht haben, werden seine Träger als Legenden gefeiert. Abenteurer des Gold-Rangs beschäftigen sich mit Problemen auf Staatsebene.

Madame, diesen Auf-
trag bitte.

Wir haben einen dringen-
den Auftrag!

Das trifft sich perfekt. Willst
du mit uns eine Gruppe bilden?

Goblins vertrei-
ben!!

Drin-
gender
Auftrag?

12

Goblins.

Sie bewegen sich in Schwärmen und gefährden Menschen, indem sie Dörfer angreifen oder Frauen verschleppen.

Einzeln werden sie als äußerst schwach eingestuft: Ihre Fähigkeiten entsprechen denen eines menschlichen Kindes.

Willst du nicht mitkommen?

Wenn ich helfen kann ...

Juhu!

Wir müssen sie retten!

Goblins haben ein Dorf überfallen und Wintervorräte gestohlen. Außerdem haben sie Mädchen verschleppt!

Wenn Sie noch etwas warten, kommen noch mehr Abenteurer ...

Sie sind alle noch Porzellan-Rang, oder?

Dann möchte ich uns vier anmelden!

Die Mädchen warten darauf, gerettet zu werden!

Kein Problem! Wir haben schon häufiger Goblins vertrieben!

Die Zeit drängt!

Ja, wir müssen schnell los!

Oder ?!

Beeilt euch ...

Außerdem haben wir kein Geld für Heilmittel, deshalb haben wir dich dabei.

Im Notfall benutzt du einfach ein Heilwunder!

Wir sind doch jetzt schon da.

Ähm...

Ach...

Katsching

Hmpf

Das wird schon klappen!

Sollten wir da einfach so reingehen? Was ist mit Vorbe...

Bamm

Bamm Wusch Hah

Bamm

Bomm Bamm

Bamm

Falls der Trottel versagt, mach ich sie mit meinen Tritten platt!

Keine Angst!

Fuuh

Bwoomm

... Radius!«

»Sajinu Inflamarae ...

...
Saji
...

Ah!

Sajinu Inflamarae ...

Einen hab ich!!

Bwoomm

Ja, sie hat nicht nur Talent, sondern ist auch fleißig.

Bereits in so jungen Jahren kann sie zwei Mal in Folge »Feuerball« wirken.

... und dich somit dem Ruhm der Akademie der Weisen als würdig erwiesen.

Im Laufe deiner Ausbildung hast du hervorragende Leistungen erbracht ...

Herzlichen Glückwunsch zu deinem Abschluss.

Bamm

Uwah!!

Höchst
barmherzige
Erdmutter
...

Halte
durch!

Nein,
das
kann
nicht
...!!

...

Es
wird
alles
gut!

Ja!

Ein
Heil-
wun-
der!!

Heil
sie doch!
Schnell!

Wumm

Wie
könnt
ihr
nur?!

Wumm

Ihr
Mist-
viecher!

Ich werde Abenteurerin.

Va- ter.

... damit ich Menschen rette!

Du hast mich diese Kampftechniken gelehrt ...

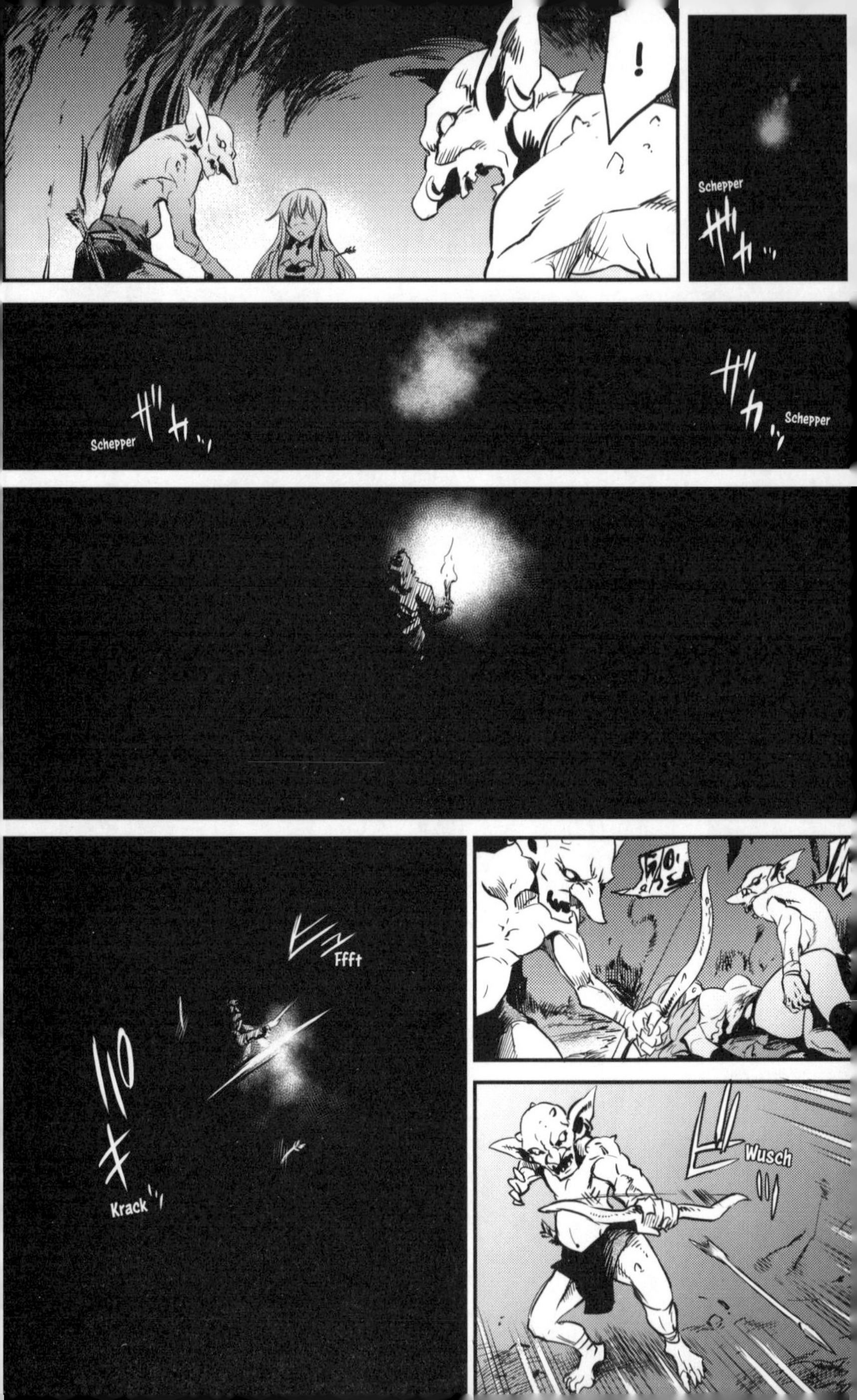

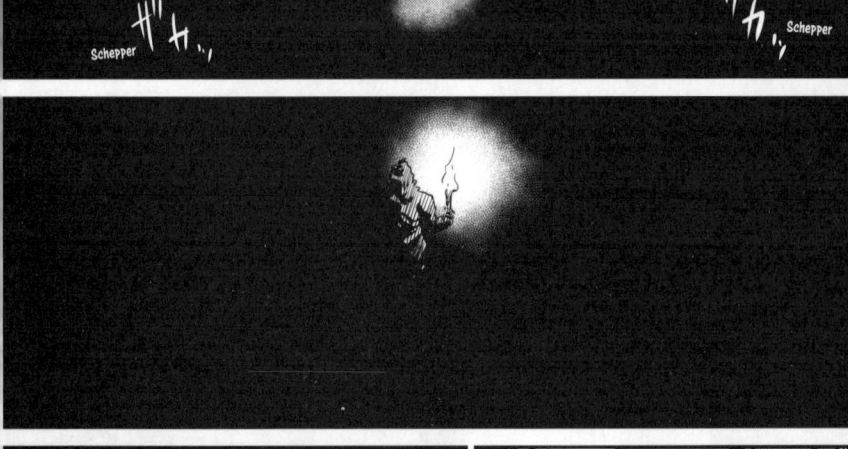

Goblin
Slayer!

Ähm
...

Wer
bist
du?

Vergiss es.

Unbeholfen ...

... aber tödlich.

Ihre Dolche sind in eine Mischung aus Giftkräutern und Exkrementen getaucht.

Sie ist vergiftet.

Es ist schon lange in ihrem Blut.

Schwitz

Ah ...

Tö ... te.

Du hast Glück.

Tö ... ich

Okay.

Warte!
Wir kön-
nen sie
no...

Stoß

urgh

Spuck

Um sie
zu erlö-
sen.

Wa-
rum?

Sie
hätte
noch
...

Es war ein Hinterhalt, oder?

Tsching.

Warum...

...musste...

Das kann nicht sein...

Sie werden dort rausgekommen sein.

Auch weiter vorn wird es Nebentunnel geben.

Wie?

Los.

Neben-tunnel?!

Hier.

Den Fehler machen An- fänger oft.

Vorhin war da ...

...

...

In einer dunklen Höhle ...
... hat man nur das Licht der Fackel ...
... und das leuchtet nicht alles aus.
Die Totems sind Köder.
Sie lenken von ...
... den Nebentunneln ab.
Was ist das denn?
Ein Hobby von denen?
Schon da ...
... waren ...

Ein Scha-mane?

Ein Hexer.

Slärker als Por-zellan-Ma-gier.

Er zeigt auch, dass ein Goblin-Schamane hier ist.

Sie sind dumm, aber nicht hilflos.

Er führt diesen Schwarm an.

!

Wir müssen sie ret-ten.

Die letzte Per-son ist eine Frau?

Sie wur-de ver-schleppt.

Knister

Knister

Bwomm

Vier ...

Wie viele wart ihr?

Wamm

Erfah-
rung.

Nein.

Kannst du
im Dunkeln
sehen?

Bomm

Ahm ...

Das Schwert ...

Dunkelheit ist unser Feind.

Aber sie können im Dunkeln sehen.

Ich werde den Speer nehmen.

Zu viel Blut.

Das ist hinüber.

Achte auf Geräusche.

Entfache eine Flamme.

Wir sind also richtig.

Lass uns gehen.

Das war ein Späher.

Wühl

Wamm

Wamm

Eine Falle.

Nicht vergessen.

Was ist mit dem Seil?

Tu genau, was ich dir sage, wenn du überleben willst.

Los
geht's.

Dahinten
ist eine
Höhle.

Wirke dort
Heiliges
Licht.

Danach
gehst du
sofort zum
Eingang
zurück.

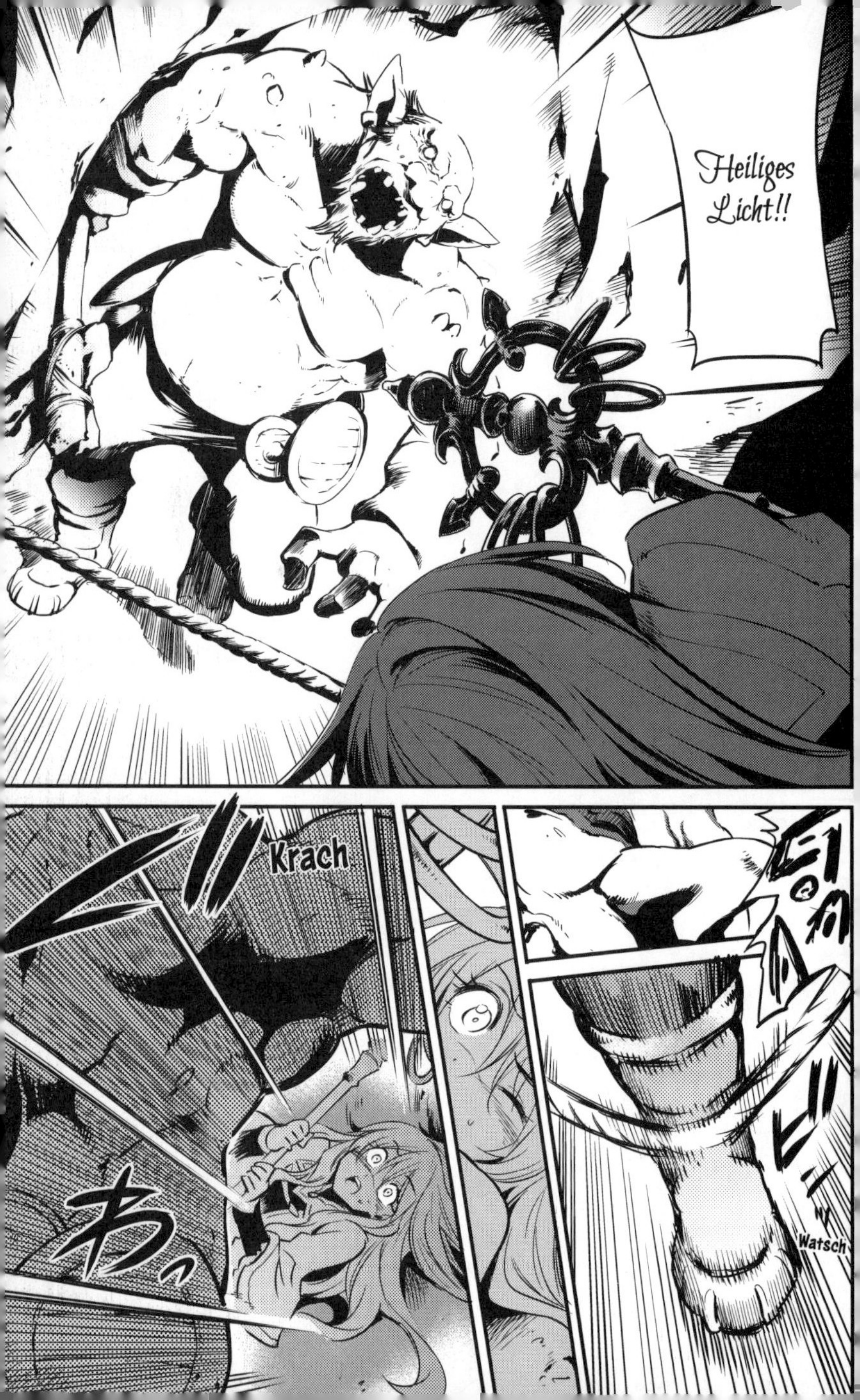
Heiliges Licht!!
Watsch
Krach

Die anderen kommen!

Plumps

Platsch

Platsch

Ich weiß.

Wir
gehen
rein
...

Waren
das alle?

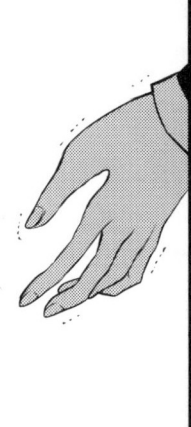

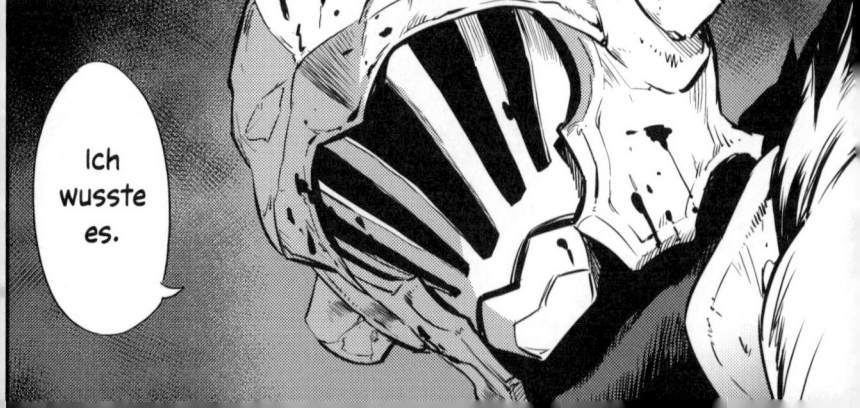

Ich
wusste
es.

Acht-
zehn.

Die ent-
wickelten
sind unnö-
tig zäh.

Sind
das
etwa
...

...
Men-
schen-
kno-
chen?

Größten-
teils ja.
Schau ...

Watschaaamm

Du hast
Glück.

Zuck

Goblins
vermehren
sich schnell.

In Kürze
wären es
fünfzig oder
mehr ge-
wesen.

Kin-
der
...

Wamm

Wamm

Willst
du ...

... auch
die Kinder
töten?

Natürlich.

Sie würden nie vergessen ...

... was passiert ist und aus ihren Erfahrungen lernen.

Mädchen werden von Goblins aus ihrem Dorf verschleppt.

Es passiert immer wieder.

Und werden kurz darauf von den Goblins getötet.

Frischgebackene Abenteurer versuchen sie zu retten.

... treten sie danach, traumatisiert von ihren Erfahrungen, einem Tempel bei.

Und selbst wenn die Mädchen aus den Fängen der Goblins befreit werden ...

ゴ Polter

ゴ Polter

All dies gehört zum Alltag dieser Welt.

Die vom Verlust ihrer Kameraden entmutigten Abenteurer verstecken sich danach in ihrer Heimat.

... dass es derart normal ist, dass Menschenleben zerstört werden.

Ich war mir nicht bewusst ...

Wie soll ich da noch weiter an die Erdmutter glauben?

Aber vielleicht verstehe ich es ...

Ich weiß es nicht.

Heute ...

Da... Danke!

!

Und ...

Ich habe mir wie empfohlen ein Kettenhemd gekauft!

Goblins.

Ähm ...

...

Ja!

... wenn
ich eine
erfahrenere
Abenteure-
rin bin.

Kommst
du?

GOBLIN SLAYER!

He does not let ✝ anyone roll the dice

Bist
du dir
sicher?

Sie
fährt
gleich.

...

Es ist
okay.

Kapitel 3

Klack~

Wusch

Nein, schon in Ordnung.

Wollen wir wechseln?

?

Danke für alles.

Du prüfst doch jeden Morgen, ob Goblins in der Nähe des Hauses waren, nicht wahr?

Vor einem Angriff kundschaften sie immer die Gegend aus.

Goblins sind meistens nachts unterwegs.

In letzter Zeit sind sie besonders aktiv.

Deswegen darf man ihre Spuren nicht übersehen.

Nein.

Gar nicht.

Ist doch gut, dass du mehr Arbeit hast.

Ach so.

Goblins sollten gar nicht existieren.

Stimmt wohl.

Ja.

Ich bringe alles zum Lieferanten- eingang.

Helft mir doch!

Bitte helft mir!

In meinem Dorf sind kleine Teufel aufgetaucht!

Bitte! Helft mir doch!

Dann bitte ich Sie, alle Informationen hier zu notieren.

Das ist ein Auftrag, oder?

Der lange Kampf der Götter wütet weiter und bringt Monster in unsere Welt.

Lassen Sie sich Zeit.

Ähm

Hier ist ein neues Formular.

Oder meine Felder anstecken?!

Was ist, wenn sie meine Kühe töten?

Sie haben unsere Hühner verschleppt.

Ah

Knüll

Drachen, Dämonen, gewaltige Augäpfel, herzlose Räuber und Blasphemisten.

Sie wüten und fügen Menschen und ihren Dörfern schweres Leid zu. Es ist die Aufgabe der Abenteurer, ihnen zu helfen.

Unter allen Monsterarten ist eine Art am häufigsten:

Goblins.

Das soll schon vorgekommen sein.

Stimmt es, dass sie entführte Frauen missbrauchen und fressen?

Wa... Was?!

Sie haben alles richtig ausgefüllt.

Haben Sie eine Belohnung?

Es gibt viele von ihnen und ihre Fähigkeiten entsprechen denen von menschlichen Kindern.

Das heißt, sie sind genauso flink, stark und intelligent wie Kinder.

Ich kann Goblins nicht ausstehen.

Puh

Schon der dritte Auftrag mit Goblins heute ...

Der Alte?

Nach ...

Also müssen Neulinge losgeschickt werden, die oft schwer verletzt werden oder gar sterben.

Da Aufträge mit Goblins aber meist schlecht bezahlt sind, nehmen erfahrene Abenteurer diese meist nicht an.

Aber weil so viele dabei sterben, macht unser Land keine Fortschritte.

Auch wenn die erste Gruppe Abenteurer ausgelöscht wird, schafft es meist die zweite oder dritte Gruppe.

Ich weiß, dass die Veteranen und die Regierung andere Dinge zu tun haben, aber ...

Alles okay?

Da kriegt man richtig Kopfweh ...

Ja.

Seufz

... oder warte, bis drei Dörfer vernichtet werden.

Entweder schicke ich drei Gruppen von Abenteurern in den Tod ...

Ach ...

Ein erfahrener Abenteurer, der sich gerne um Goblins kümmert ...

Klack

Ding!

!!

Das Bewertungssystem ist zu locker. Er kümmert sich doch nur um schwache Gegner.

...

Oh ...

Tut mir leid.

Ja, ich nehme gerne einen.

Möchten Sie vielleicht auch einen Tee?

Lass ihn einfach. Mit so einem sollten wir uns nicht abgeben.

Die Antwort ist ...

Haben sie Spaß daran, Menschen zu überfallen?

Warum greifen die Goblins so häufig Dörfer an?

Stell dir vor, dein Zuhause wird plötzlich von Monstern überfallen.

... ganz einfach.

Sie stolzieren herum, als würde es ihnen gehören.

Sie plündern alles.

Sie töten deine Familie.

Sie töten deine Freunde.

Und sie ...

... schnappen sich deine Schwester.

Sie quälen sie, vergehen sich an ihr und bringen sie dann um.

Danach lassen sie die Leichen einfach liegen.

Sie lachen hämisch ...

... und tun und lassen, was ihnen gefällt.

Und alles ...

Du greifst zur Waffe, stählst deinen Körper ...
... trainierst deinen Geist ...
... und beginnst, dich an ihnen zu rächen.
Du suchst sie.
Du treibst sie in die Enge.
Du ...
... stürzt dich auf sie.
Du ...
... tötest ...
... tötest ...
... und tötest.

... und manchmal schlecht.

Manchmal läuft es gut ...

Du verbringst Tage und Monate damit, darüber nachzudenken, wie du sie das nächste Mal tötest.

Und wenn sich die Gelegenheit bietet, probierst du deine Ideen aus.

Und du merkst, wie es ...

»Ist doch nur ein Goblin. Ich weiß, wie man die erledigt.«

Du sagst:

Du wirst durch deine Erfahrungen zum Abenteurer.

Das Kind flieht aus seiner brennenden Höhle.

Als Wanderer wird er der Anführer und Beschützer eines Nests.

Das Goblin-Kind wächst an seinen Erfahrungen und wird ein Wanderer.

Donner ゴ゛

Donner ゴ゛

Donner ゴ゛

Zuck ビ゛ Zuck ビ゛ Zuck

Donner ゴ゛

... wer sind wir, als Auf-traggeber, in dieser Ge-schichte?

Sind wir Teufel oder böse Gott-heiten? Sehe ich so gru-selig aus?

Sieht es so aus, als hätte ich Hörner?

Donner

Donner ゴ゛

Hi hi

Sie erledigen notwendige Arbeit.

Sie sollten stolz da-rauf sein.

So klingt es aber!!

ビ゛ゅ Bamm

So meinte ich das nicht ...

Das wäre ...

... ein Pro-blem.

Solche Erzählun-gen schaden dem Ruf der Gilde!

Wollen Sie etwa keine Aufträge mehr bekommen?

Sie sind schließlich ein Abenteurer des Silber-Rangs.

Tut mir leid!

Ah!

Oh...

Ha... Hallo.

Klack

Ｏｏｈ

Palimm
Palimm

Besser, als die Goblins am Leben zu lassen.

Es war doch nicht nötig, die ganze Höhle abzufackeln!

Wir müssen an die Folgen denken ...

Der Berg hätte einstürzen können!!

...

Wegen unserem letzten Abenteuer!!

Für Goblins ...

Früher Morgen oder Abend.

Was ist mit der Angriffszeit?

Seit wann redet er eigentlich so viel?

Ist sie das etwa?!!

Er meinte, dass er seit Neustem mit einer Anfängerin unterwegs ist.

So zierlich! Niedlich ...

Es gibt auch schon Opfer.

Eingenistet in einer Festung in den Bergen?

Einige Abenteurer sind losgezogen, aber ich habe nichts mehr von ihnen gehört.

Ja, heute haben wir drei.

Gibt es Aufträge mit Goblins?

Und dann der hier.

Nichtsdestotrotz, wir sollten uns darum kümmern, bevor es schlimmer wird.

Sie sind wahrscheinlich bereits tot.

Das ist noch kein Schwarm, sondern nur vereinzelte Goblins.

Von dem Alten vorhin ...

Es wurde ein Goblin gesehen, der Hühner gestohlen hat.

Da wird so schnell nichts Großes passieren.

!

Der Ort liegt auf dem Weg.

Trotzdem könnten sie sich in der Nähe einnisten.

Ich werde sie erledigen, bevor es mehr werden.

Vielen Dank!

Die beiden bitte.

Ja.

Ich gehe.

Pass auf dich auf.

Ja.

Den Letzten vermittle ich an andere Abenteurer!

Das sollte klappen!

Vielen Dank für den Tee.

Du auch auf dich.

Vor zehn Jahren habe ich mein Dorf verlassen, um meinem Onkel auf dem Hof zu helfen.

Am selben Tag wurde das Dorf überfallen.

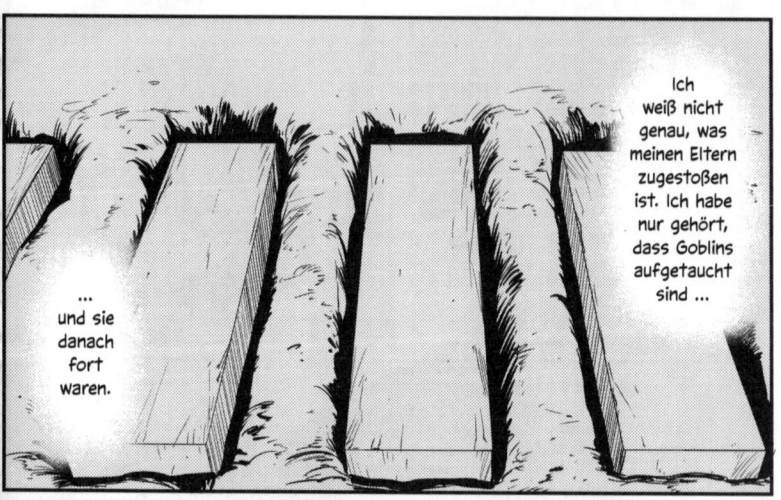

Ich weiß nicht genau, was meinen Eltern zugestoßen ist. Ich habe nur gehört, dass Goblins aufgetaucht sind ...

... und sie danach fort waren.

An vieles kann ich mich nicht mehr erinnern.

Wir haben leere Särge begraben.

... ist angeblich seitdem verschwunden.

Und er ...

Die Goblins haben sich in einer alten Elfenfestung eingenistet.

Während sie schlafen, schleichen wir rein, entschärfen die Fallen, beseitigen die Wachen ...

... und retten die Frauen aus dem Dorf!

Okay?

！

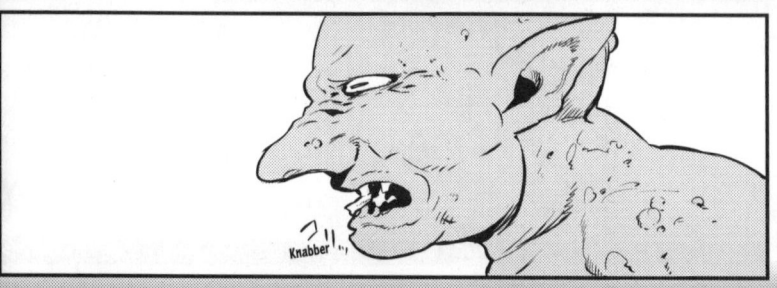

Kapitel 4

148

Bomm

150

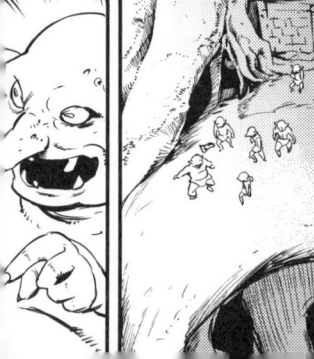

Schwupp

Pamm

Bamm
Bamm
Bamm
Bamm

Bwomm

Watz

Trockene
Elfenfestun-
gen bren-
nen gut.

Ja
...

Wir sind zu spät.

Die Mädchen und Abenteurer sind tot.

Ruhig.

!

Alles in Ordnung?!

Wusch

Bwomm

Donner ゴ川

Donner

ゴ川

Donner

Donner ゴ川

Höchst
barmherzige
Erdmutter.

Bamm

Krach

Kein
Problem.

Tut mir leid.
Das Wunder
kam etwas
spät.

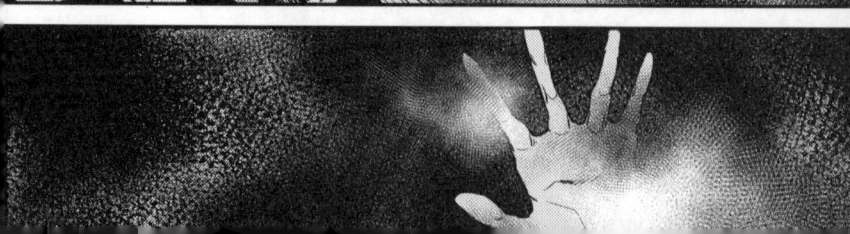

Wir müssen prüfen, ob wir keinen Fluchtweg übersehen haben.

Sag, wenn du fertig mit Beten bist.

Bleib wachsam.

Vielleicht ist einer rausgekommen.

... oder sich eingegraben haben.

Wir müssen immer auf der Hut sein.

Ja.

Trotz allem?

Vielleicht hat einer auch einen uns nicht bekannten Fluchtweg gefunden.

Wieso denkst du soweit voraus?

Es könnte einer vom Turm gesprungen sein ...

Wieso weinst du?

Mama?

Das ist sicher ...

Dieses Feuer ...

Jetzt wird alles wieder gut.

Bwoomm

Platsch

Platsch

Es ist wirklich schwer, sich meinem Rang entsprechend zu verhalten.

Tief in der Gruft landete er einen kritischen Treffer und schon flog das Haupt des Goblin-Königs hoch durch die Luft.

Damit endeten die Ambitionen des Herrschers jäh zu früh ...

... und der Held hielt im Arm die Prinzessin für seine Müh.

Und so war er für ewig verdammt, allein zu ziehen durch unser Land.

Doch er war der Goblin Slayer.

173

Orcbolg, der Goblin Slayer.

Goblin Slayer! ① ENDE

GOBLIN SLAYER!

He does not let ✝ anyone roll the dice

GOBLIN SLAYER!

He does not let anyone roll the dice

Bonus: Ein Regentag
Kumo Kagyu

Die Priesterin lag eingehüllt in eine Decke in einem Zelt und hörte zu, wie die Regentropfen auf das Zeltdach prasselten. Sie schniefte laut und hustete mehrmals. Ihr Kopf war von den Ohrenspitzen bis zur Nase rot. Sie war erkältet.

Während ihrer Zeit im Tempel war sie nur selten krank gewesen. Sie dachte sich: »Ich muss wirklich kaputt sein.«

Sie schämte sich dafür, da sie sich so etwas als Abenteurerin eigentlich nicht mehr erlauben konnte. Sie hatte alles gegeben … Nein, eigentlich war das eine Ausrede. Sie machte immer nur Fehler. Jedes Mal. Wie viele Dinge waren ihr eigentlich geglückt, seit sie den Tempel verlassen hatte? Bei ihrem ersten Abenteuer hatte sie all ihre Kameraden in kürzester Zeit verloren. Die einzige Lehre, die sie aus diesem Erlebnis gezogen hatte, war, dass sie so etwas kein weiteres Mal durchstehen könnte.

Was wäre, wenn ich nicht da gewesen wäre? Sie dachte darüber nach, dass ihre Kameraden dann wohl etwas länger in der Gilde geblieben wären, um eine andere Priesterin zu finden. Vielleicht hätten sie jemand Fähigeren als sie gefunden und mit dessen Hilfe die Goblins bezwungen. Nein, wahrscheinlich wären sie auch dann gescheitert …

Diese Gedanken trafen die Priesterin direkt ins Herz. Tränen bildeten sich in ihren Augenwinkeln. Sie biss die Zähne zusammen, um sich zu sammeln, und atmete aus.

Sie überlegte: »Was wäre, wenn ich mich plötzlich nicht mehr bewegen könnte?« Sie wusste, dass es nur eine normale Erkältung war, aber dennoch zitterte sie am ganzen Körper. Würde sie einfach sterben, ohne irgendetwas erreicht zu haben? Ohne irgendetwas zu hinterlassen? Getötet von Goblins?

Sie hörte Schritte näher kommen. Goblins. Goblins … In ihren Ohren begann es zu rauschen und sie meinte darin das feige Lachen der kleinen Teufel zu hören. Vor Furcht zog sie sich die Decke über den Kopf und rollte sich wie ein Baby zusammen. Sie sollte einfach schlafen. Wenn sie schlafen würde, wäre alles schnell vorbei.

»Hey!«, rief eine tiefe und gefühlskalte Stimme und riss sie aus ihren Gedanken. »Ah.« Die Priesterin schaute nach oben und sah, wie ein Abenteurer das Zelt betrat. Er trug eine dreckige Lederrüstung, einen billigen Eisenhelm, einen kleinen, runden Schild am Arm und ein mittellanges Schwert am Gürtel. Als sie erkannte, dass es sich um Goblin Slayer handelte, setzte sie sich aufgeregt auf. »Tu… Tut mir … lei…«

»Bleib liegen«, befahl er ihr kurz und knapp.

Die Priesterin machte den Mund auf, um etwas zu erwidern, aber es kam nur ein »Okay« heraus. Sie wickelte sich wieder in die Decke.

»Ist es hier trocken?«, fragte Goblin Slayer. Die Priesterin nickte ihm einfach zu.

Wenn man ein Zelt in einer Senke aufschlug, konnte es leicht feucht im Inneren werden, doch diese Gefahr bestand diesmal nicht. Sie hatten das Zelt vor Beginn des Regens aufgestellt und eine Decke zum Schutz gegen das Wasser ausgelegt. Es war gar nicht unbequem, hier zu liegen. Da die Priesterin an den harten Boden des Tempels gewöhnt war, konnte sie problemlos schlafen.

»Kannst du Fleisch essen?«, fragte er, aber sie war sich nicht sicher, was er damit meinte. Wollte er wissen, ob es ihre Religion erlaubte? Ob es ihr schmecken würde? Ob ihre Verfassung es im Augenblick zulassen würde? Ohne seine Frage richtig zu verstehen, nickte sie leicht. »Ja.«

»Na dann«, grummelte er. »Warte kurz.« Daraufhin setzte er sich scheppernd unter das Vordach des Zelts.

Die Priesterin hatte es vorher nicht bemerkt, aber Goblin Slayer hatte ein Bündel aus Hölzern in seiner Hand. Gekonnt entzündete er ein Feuer. Er zerbrach die Hölzer und sie sah, dass sie zwar von außen feucht waren, aber im Inneren immer noch trocken. Er schirmte das Feuer mit verharzter Rinde ab und warf weitere Zweige in die Flammen.

Immer noch in ihre Decke gehüllt, beobachtete die Priesterin das Geschehen. Es war das erste Mal, dass jemand für sie ein Feuer entzündete. Sie meinte: »Schön warm, oder?«

»Du solltest schwitzen«, erwiderte er. »Dann wirst du schneller gesund.«

»Okay«, antwortete sie.

»Kannst du dich waschen und umziehen?«, fragte er.

»Ähm …« Sie stellte sich vor, wie er ihre schweißnasse Haut trocken wischte. Sie nickte schnell und heftig. Dieser Gedanke allein schien ihre Temperatur um zwei, drei Grad zu steigern. »Ich schaff das schon …«

»Verstehe«, antwortete Goblin Slayer. Er hängte einen Topf über das Feuer und begann das Essen vorzubereiten. Er holte etwas Trockenfleisch aus einem Beutel und schnitt es in kleinere Stücke. Dann schlug er mehrfach mit dem Knauf auf das Fleisch ein, um es ein wenig weicher zu machen.

»Bei Erkältungen hilft es, Fleisch zu essen«, erzählte er und warf das klein geschnittene Fleisch in den Topf. Danach füllte er Wasser und etwas Wein in den Topf. Statt Gewürzen warf er Heilkräuter hinein.

Die Priesterin atmete den aus dem brodelnden Topf aufsteigenden Geruch tief durch die Nase ein.

»Brauchst du Wasser?«, fragte er.

»Ja, bi… bitte«, antwortete sie und er reichte ihr den Trinkschlauch. Sie streckte ihre Hand unter der Decke hervor und nahm ihn entgegen. Mit schwachen Fingern zog sie den Stöpsel heraus und nahm erst einen und dann einen weiteren Schluck. Mit lauten Schluckgeräuschen genoss sie das Wasser. Es war überraschend lecker. »Hach«, seufzte sie und verschloss den Schlauch, um sich dann wieder in die Decke einzuwickeln.

Das Trommeln der Regentropfen, das Knistern des Feuers, ihr keuchender und sein leichter Atem. Der Geruch von Wald und Regen, der wabernde Geruch des kochenden Trockenfleisches und der ihres Schweißes. Das Lagerfeuer war angenehm warm. Die Decke war wie eine beruhigende Umarmung und in der Nähe ein beschützender Rücken. All das war mehr als genug, um die Fünfzehnjährige müde zu machen.

Sie hörte die Worte »Mir auch« und schlug die Augen wieder auf.

»Mir ging es auch schlecht, als ich mich noch nicht daran gewöhnt hatte«, erzählte er.

»Dir auch … Goblin Slayer?«, fragte sie leise.

»Ja«, antwortete er.

Goblin Slayers Worte erleichterten die Priesterin. Es war ein befreiendes Gefühl. Sie hatte gedacht, dass nur Tollpatsche wie sie sich auf einem Abenteuer erkälten würden …

»Also«, dachte sie und zog die Nase hoch, »geht es nicht nur mir so.«

Sie musste leicht lachen. Vielleicht lag es am Fieber, aber irgendwie ließ sie dieses Gefühl von Erleichterung nicht los. »Ich … also … ähm …«

»Was denn?«, erwiderte er schroff.

Doch sie hatte längst bemerkt, dass er kein schlechter Mensch war. »Ich … werde mich anstrengen.«

»Na dann«, murmelte er.

Solange es regnete, konnte das Bekämpfen der Goblins warten.

Herzlichen Glückwunsch zum Erscheinen
des ersten Bands von Goblin Slayer!

Die Inszenierung ist
fantastisch! Ich freue
mich auf die Fortsetzung!

Noboru Kannatuki

Kumo Kagyu

Freut mich. Ich heiße Kumo Kagyu.
Dieser seltsame Abenteurer ist eigentlich
nur aus Gequatsche entstanden, aber dann
wurde er zu einem Roman und jetzt sogar
zu einem Manga. Ich hätte mir nie vorge-
stellt, dass eine so wundervolle Comic-
umsetzung daraus entstehen könnte.
Herr Kuroses Können ist wirklich beein-
druckend. Jeden Monat jubele ich beim
Lesen laut auf. Diese Fantasy-Geschichte
ist cool, niedlich, gruselig und sexy. Ihr
solltet sie alle lesen! Spitzenklasse!

Kousuke Kurose

Ich habe vor, mit Gob-Slay die bösen
Goblins auf die eine oder andere Art zur
Strecke zu bringen! Bitte begleitet mich
doch dabei!

altraverse

Deutsche Ausgabe / German Edition
Altraverse GmbH – Hamburg 2023
Aus dem Japanischen von Lasse Christian Christiansen

GOBLIN SLAYER vol. 1
©Kumo Kagyu / SB Creative Corp.
Character design: Noboru Kannatuki
©2016 Kousuke Kurose/SQUARE ENIX CO., LTD.
First published in Japan in 2016 by SQUARE ENIX CO., LTD.
German translation rights arranged with SQUARE ENIX CO., LTD.
and Altraverse GmbH through Tuttle-Mori Agency, Inc.

Redaktion: Johannes Marschallek
Herstellung: Jacqueline Bradtke
Lettering: Vibrant Publishing Studio

Druck: CPI books GmbH, Leck
Printed in Germany

FSC FSC® C083411
MIX
Papier

ISBN 978-3-96358-049-9
7. Auflage 2023

www.altraverse.de